입술이 입술에게

산지니시인선 023

입술이 입술에게

권명해 시집

산지니

시인의 말 하나

길을 건넌다

걸음의 언어들
긴 그림자를 남긴다

상처의 낭비
그 어디에도 얼룩이 남지 않길 바란다

차례

시인의 말 하나 005

제1부

모레노 빙하의 울음 013
火印 014
심장이 하나 더 뛰었다 016
수건을 삶다가 018
아르헨티나에서의 탱고 020
저수지 보폭 022
긴기아난의 아침 024
정전 026
입술이 입술에게 028
비어 있는 속 보여 주려고 030
울음연못 032
은고사리 034
결속 036
소금 거울 038
음표의 잉태 040

제2부

갈수기 043
메밀 044
꽃 경전 046
처음부터 048
편 050
담 너머의 풍경 051
여왕의 도시-뉴질랜드 퀸스타운에서 052
파도의 말 054
미로 056
불기둥 058
비아토르 060
책갈피 061
창을 넘어간다 062
의자의 관절 064
무풍한송로無風寒松露 065

제3부

아홉 번째 근육 069
분갈이 070
오후의 바람 한 겹 072
끈끈한 사이 073
불꽃 074

알몸-와카티푸 호수에서 076
오카와치야마 078
소막골에서 080
내 혈관에 커피가 흐른다 082
늙은 개의 시선 084
이구아수 085
소리가 머무는 곳 086
아. 매. 화. 불 088
야간산행 090
언니 092

제4부

떨켜 097
감꽃 098
스냅스 099
프로펠러 100
벼락 맞은 놈 101
수계법회 102
멤버스 인 파리 104
동동숲 105
자정의 기침 106
블라인드 108
와일드 109

나무 화장 110
그물 속의 뽈락 112
라파스의 우박 113
구절초를 가을이라 이름하고 114
론다의 협곡 116

해설: 생의 감각과 존재의 그늘_구모룡 117

제1부

모레노 빙하의 울음

울음이 얼어버렸다

최후의 적막

언젠가 사라질

몸의 일부

호수로 통곡한다

만년설의
속앓이 내려놓는 거친

긴 시간
끌어안고 지낸

퇴적
고뇌의 온몸이 조각난다

火印

돌아보면 부끄러울까

서산에 기대어 있는 얼굴

달아오른 허무를 매만지고 있다

늦가을 내면

플라밍고의 깃털

저, 눈부신 능선의 파노라마

겹겹의 산을 열고 들어간다

지금 여기

세상 가장 큰 거울 속에

낙엽 뒹구는 소리

공터에 걸린 하늘 한 귀퉁이

물결인 듯 사라진다

심장이 하나 더 뛰었다

뇌사 상태 신체를 나눈다

너의 허파를
　　　너의 쓸개를
　　　　　　너의 콩팥을

죽음만이 찬란할까

영희는 너의 눈동자로 의대 준비를 하고 있다
노총각 봉수는 너의 심장으로 사랑의 불을 밝힌다

퇴적층
일어나는 생각들
오늘 너를 내 안에서 들어낸다

기억의 필라멘트

너는 있다

나도 있다

환청이 따라다니는 길목에 구두점을 찍고
멀미에 신열을 앓는다

소년의 끝에서
누군가의 길이 시작된다

어둠을 떠다니는 알갱이들
세상을 향해 나선다

가을 하늘에 눈이 하나 더 생겼다

수건을 삶다가

불온한 향기
물 묻은 저녁이다

망가진 냄새
혀를 내밀고 기어다닌다

구린내 나는 혓바닥
마침표도 없는 슬픔이 운다

이 빠진 입을 비웃으며
삭혀야 할 것들
한바탕 소탕전이다

헛소리
콤마를 찍으며

배수관으로 내몰리며
허공에 손 짚고 떠나는 자국

입술 뒤통수에서 별이 빛난다

아르헨티나에서의 탱고

춤을 인생이라 말하자

손을 잡고 엉켜 있는 오브제

인생전환, 방향을 바꿀 때

사라진 손의 흔적

붉은 칸나들의 개화기
꽃들은 모두 탱고를 연습하지

전주곡이 나올 때
쉬어 갈 수 있는 템포

파트너를 따라가면서
가슴을 보여 주는 시간

돌아야 할 때

무너질 뻔한 현기증

호흡이 거칠어지면
흩어짐에 대한 준비

인생이다

저수지 보폭

오백 년 그림자
머리카락 끊어내는 왕버들
세월이 어지럽다

부러진 날개
굴절된 눈동자
햇살이 휜다

나뭇가지 하나가
물에게 귓속말을 하고 있다

힘찬 심장
바위만 한 간
저수지의 내장이 들여다보인다
울음을 참아낸 뿌리
천 년을 살아낼 혈관이다

숨어 있는 도돌이표

훔친 동공을 안고
지구에 없는 악보를 좇는다

빗살무늬 햇살 사이
젖은 잎들이 연주한다

발 달린 물뱀 한 마리 건반 위를 지나간다

긴기아난의 아침

화분의
햇살이 깨어난다

뿌리에서 올라온 입술

밤을 낳는다

잎맥 속에 저장해둔 향기들
힘주어 밀어낸다

간밤의 별들

매혹의 시간들
오늘을 열고 있다

침묵의
눈길을 외면하는 난산

꽃망울 기다리는 내게
거친 호흡이 밀려온다

또 하나의 세계가
탄생을 준비한다

정전

불면은
칼을 들고
날카로운 뼈대를 짓고 있다

불규칙한 호흡에 찬바람이 인다

귀먹고
눈도 멀어

한 발자국도 뗄 수 없는
목적지

흰
기둥
신전 사이로

마른 가을이 몸을 떨고 있다

침묵은
회색빛 하늘은
자작나무 숲으로 펼쳐지고

눈부신
숲의 경계

저 홀로
귓불을 물들인다

입술이 입술에게

불을 끄면 나만의 별이 뜬다
벽에 걸어둔 세계지도
남미의 별이 반짝인다

산허리에 리마를 데리고 선
온몸이 눈동자인 소녀
전통복 차림의 시장 여인들
그곳에서 만난 사람들
유독 반짝이는 소녀의 별

그 먼 곳에서
내게 오는 동안
꼭짓점을 갖게 되었을까

백야의 시간

궤도를 이탈해 버린 별을 찾아
귀 기울이듯 심장이 뛴다

가볍게 시작된 위로

눈을 감으면 멀어지고
눈을 뜨면 달려온다

나를 찾는
그대의 입술이
억만년을 살아내고 있다

비어 있는 속 보여 주려고

애기동백
눈이 온다

찬 바람 견디며
웃고 있는 눈발

하늘을 덮은
겨울에 이끌릴 때

나뭇가지 사이
추상을 향한 날갯짓

세상은 어지럽고
깊어진 겨울 거기에 무엇이 있는지

사소한 일들
겨울 끝에서 떨고

절기의 끝에서 자라는
동박새의 겨울이 온다

웃는 건지 웃는 건지
생에 단 한 번

추위가 돌아온다

울음연못

그녀의 동굴 속
비극과 엉킴은 내 것 아니라고
울고 있다

울음연못
박쥐 날개 같은 저녁이 물 위를 날고 있다

목구멍 깊은 곳에서 울음이 달려오고 있다

엄마 춥다고 아궁이 불 지피던
그날의 시근장치
걸어온 시간

손톱 밑에 쌓인 가시들
나를 찔러댄다
엄마의 멈춰버린 나이 앞에 서 있는 지금
내 심장은

태양이 사라진 세상이 있다
심장의 전원이 나가
절망이 되어버린 사람

그녀를 문장으로 그려내는 단어들을 찾지 못했다
12월이 그녀를 삼켜버린 것이다

목적지 없는 영혼
망각을 건축해 가고 있다

울음이 나를 수장시켰다

은고사리

타우포 레드우드 숲
마우리 전설 속 은고사리

큰 손바닥 하얗게 뒤집어 길을 열어준다

그런
은사시나무

보이지 않는
떨림

너를 두고 나를 두고
멈추지 않는 바람의 바퀴
오래 엎드린
멀미로 굴러가고 있다

날개를 터는 산
한 삽의 흙에서

숲을 길러내는 찬란함

누군가에게는 길을 보여주고
누군가에게는 길을 보여주지 않는다

겹,

저 환한 나무의 손바닥
발밑까지 어둠의 잔등을 깨운다
길고 긴 바람소리 느릿느릿 지나가고 있다

결속

문을 열자
마른기침을 한다
입맞춤의 순간들이 사는 공터

입안의 돌멩이를 굴린다

창틀 사각의 밖
삼백 년 전
어느 여자의
발뒤꿈치의 각질들이 떠다닌다

나의 체취들을 알코올로 걷어내고
거꾸로 매달린 나무들
스스로 갇히는 그늘, 마음속

결핍과 결핍으로 살아내는
행운목의 균열
폐부의 먼지

목구멍까지 차오른다

한 방울씩
시간의 기둥을 갉아먹은
키스의 여운은 남아

문을 열고
추락의 날개를 접는다

소금 거울

소금 결정체로 덮여 있는 곳에
노을이 내려오고

빛나는 벌판
소금꽃이 만발하다

순간을 담으려고

우유니사막을 달리는
사륜구동 먼지를 날린다

비는
호수가
하늘을
송두리째 품을 기회를 준다

페루를 향해 날아가는 철새의 슬픔도
품을 수 있겠다

가슴이 우려낸 짠맛
하늘에 고여 있다

내 몸에 바다의 냄새가 스며드는 것을 허락할 때

고개 들어 얼굴을 본다

음표의 잉태

흘러가다가
　　소멸되다가
　　　　이어지다가
　　　　　　끊어졌다가
　　　　　　　　달려갔다가
　　　　　　　　　　돌아보다가
　　　　　　　　　　　붙들려 있다가

가느다란 줄로 이어지는 숨결소리
입자의 호흡들이 파도처럼
경계의 꽃이 된다

　　　　　　　　　　　　　멈추다가
　　　　　　　　　　생성되다가
　　　　　　　　사라지다가
　　　　　　나타나다가
　　　　앞만 보다가
　　마주보다가
사랑하다가

제2부

갈수기

먼 산이 하얗다

능선에 박수소리 걸려 있다

고민 한 점 없는 호숫가

겨울 햇살이 장난기 많은 아이처럼 물결을 민다

시간, 밀물과 썰물로 일렁인다

민트 향 눈바람이 방 안으로 들어온다

귓속에 빗소리 가득하다

메밀

염전
하얗게 핀
미풍이 간들간들

흔들린다
칠월의 나비들

하늘 정원으로 날아간다

바람 냄새 나는 손수건으로
이마를 닦고

책갈피를 넘긴다

가랑비 털어낸 구름들
얼굴 내밀 때

구름 송이송이

발걸음 뒤로 하얗게 깔려 있다

짭짤한 메밀꽃 문장
넘실거린다

꽃 경전

상복 입은 불두화 꽃잎 뒤척인다
한여름 꽃불의 법문

기생하며 핥아대던 혓바닥
법문에 댄 자국 흉터가 묻어 있다
꽃잎 참수당하는
운명 앞에 고개 숙이지 않는다

무기력한 침묵
흐느적대는 누명
추락하는 굴욕

비바람 참아내는 여름을 건너
언덕이 오르고 있다

서리 걷어내는 겨울 한가운데
대웅전 언덕

용광로 한 채 꽃 부처로 서 있다

처음부터

카를 구스타프 융이
호숫가에 돌집을 짓고 있다

상상의 은빛 비늘 파도가 인다

만년설이 낳은 걸작
에메랄드빛
호수

쓸려가는 흰 줄무늬

마오리족 사람들은
호수 바닥에 여신이 살고 있다 믿는다

여신은 하품을 하고
머리를 감고 말릴 때
파도를 만든다

그들의 처음은 언제일까
그들의 처음과
나의 처음은 얼마나 멀까

슬픔은 여신의 찰랑거리는 귀걸이다

펀*

태양은
작은 나무가 되어
거리를 걷는다

지글거리는 양고기 스테이크

빈 접시에 뿌려놓은 소금과 후추처럼
너를 유혹하는 거리

아프로디테가 나를 들여다본다.

허공이 물고 간 사랑의 욕망
길 위에서 영혼을 어루만지며

쇄골을 감춘 와인빛 머플러
색을 발하고 있다

* 영화 <노매드랜드> 주인공 이름

담 너머의 풍경

못 박힌 발자국에서
붉은 녹물이 조금씩 흐르고 있다

이대로 저 담을 넘어간다면
이전 그 모습으로 돌아갈 수는 없다

현실 너머 너머에서
무거운 침묵이 몰려온다

민낯으로 마주하면
박힌 못이 빠져나갈 수 있을 것인가

담은 더 높고 단단해졌다

풍경 너머

당신이 바라보는 곳은 어디쯤일까

여왕의 도시
-뉴질랜드 퀸스타운에서

안 읽어도 좋다
파도의 덧없음

광장과 광장
골목과 골목
작별의 채비도 없이 사라진다

계절을 실어 올리는 리프트
흔들리는 풍경 호수에 담긴 도시가 있다

새들의 언어
저만치 앞서가는
나의 감정

생각을 펼쳐놓은 산꼭대기
겹겹의 렌즈로 책 속의 내부를 훑고 있다
간혹 익숙한 문장도 있다

햇빛이
바람을 만드는 시간을 읽으며
속도 없는 걸음은
새로운 책들을 읽는다

파도의 말

떠나야 한다

애달픈 서녘의 표정
거울처럼 맞닿은 얼굴
은빛 걷어내고

오래도록
그늘 하나 짚는다

함께 울어서 기우는 저녁
별들이 내려와 쉴 수 있게

수많은 사랑
수많은 이야기로 출렁인다

작은 섬 돌고 돌아
목련보다 하얗게 이를 드러내고 웃는다

외로울수록 눈부신 바다

도도한 젊은 날의 가슴에
흰 모래들이 밀려온다

다시 사랑할 일 없다
지나간 뒷모습처럼 말이

달아난다
다시 달아난다

미로

길을 지운다

거울 앞에 앉은 미지
창문 밖의 오후

유리창이 만들어준
이국에서의 추억들

애련의 틈새를 파고든다

나는
동굴 속
검은 머리카락이 되어

수만 갈래로 흩어진다

나의 단발머리 소녀야
너는 아직도 숨바꼭질 놀이를 하고 있구나

사라진 길 위에
오래도록 서 있는 흰 그림자

아직도
너를 찾고 있다

불기둥

세상의 지붕들이 녹고 있다
날을 세운 나무들의 쉰소리

숲이 타고
바다가 흘러내리고 있다

눈먼 자들이
쏘아 올리는 장난
중심을 무너뜨릴 균열이 인다

폐허를 헤집는 호흡
갈증의 나날이 깊어지고
발아를 기다리는 생명 늙어간다

지구의 건축
빗살무늬토기를 더듬으며

꺼져가는 눈빛

모래성을 쌓는다

비아토르

길을 나서자니 발에 걸린다

절망이라는 돌부리

사라진 왕국을 향해
구름이 가리키는 방향대로

새에게 안부를 전하며
멀어져가는 나무들에게 손 흔들며

만났다 멀어졌다를 반복한다

책갈피

사람을 넘긴다

잠들지 않는 부력

찾아가는 손끝의 촉감
미로에 갇힌다

갈라진 햇살 사이
문장의 무게를 견딘다

주저하던 시간
덜컹거리던

균열의 힘으로
이어지고 있는 페이지를 지탱하고 있다

창을 넘어간다

여린 관절
대지를 누르고 일어선다

붉은 눈
햇살이 뿌리를 내린다
식사를 준비해야 하는 그는 서성인다

잃어버린 계절
유칼립투스만 식탁에 올려놓고 주방을 나온다

오늘 저녁을 나는
영역을 벗어날 수 없는 코알라 가족이라 칭한다
휴식 중인 의자들이 가족들을 맞이한다

동쪽으로 난 창을 통해
햇살의 발톱
거실 밀고 들어와
서녘 주방으로 한 걸음씩 사라질 때마다

하루를 살았다

푸른 슬픔이 허리를 꺾을 때
온몸 불 밝힌다

초록의 들판
영역을 벗어나지 못하는
클라미디아, 발가락 지문을 살핀다

빛이 다녀갈 때마다
숲이 자란다

의자의 관절

초점이
움직일 때마다
신음 소리 흔들린다

참아 낸
공복 속으로 이는 바람
무정한 바닥의 등에 앉아
눈꺼풀 비비며

그늘을 지운다

고통이 고통을 호소한다
다시는 그의 무게를 올려놓지 않겠다고
무릎을 꿇고
기름칠하는 심장에 돌을 던지며

추락하는 비행기
의자 마디를 움켜쥔다

무풍한송로無風寒松露

물안개가 숲을 적시고
붉은 소나무들은
나뭇잎 곱게 깔아
길을 내고 있다

때론
가부좌 자세로
보살들의 생채기를
높은 염念으로 달래준다

부처님 품속
딱지로 남아 있는
숱한 말들이
안개 속의 몽환
길을 다독이며 걷는다

제3부

아홉 번째 근육

터널 하나 밀어내고
방향 모를 길을 간다

누군가가 청춘을 낳고 있다
그늘을 건너는데 장미가시가 두려울까

낯선 간이역
비 맞은 풀빛 내 마음을 묶었다

매달리지 말아야 할 인연

가난한 정원에 뿌리를 내릴 주름
씨앗을 심을 골이 될 것이다

분갈이

테라스에 봄을 이식한다

목련의 솜털이 일기 전에

흐트러진 일상

살구미인금의 잎꽃

황량한 모래밭 숨소리

작은 꽃잎으로 피어나길

찢어진 그물 같은 마음

황량한 오지에도 봄비가 내리기를

탄광을 헤집고 나온 심장처럼

어린 벚나무 날개들 꺾꽂이한다

오후의 바람 한 겹

우린 버려진 곳에서
우릴 버린 주인을 기다리는 것이다

비 오는 날
버스 문이 열릴 때마다
강아지 눈망울이 커진다

유리막대 모습이다

빈 가슴 위에
절망의 강이 흐른다

그 정류소를 지날 때마다
빈 곳을 들추며
강아지의 형상을 찾는다

질기고 긴 시간의 각
삶의 목, 발, 질

끈끈한 사이

삼겹살을 굽는다
고기 앞에서 무릎을 꿇었다

이별 앞에
디딤돌을 놓아준
마음과 마음 사이

침묵의 간섭

벼랑으로 내몰고

금낭화 차를 만드는 손이
삼겹살 앞에서
너를 넘고 있다

겹을 쌓는 밤
풀벌레 보름달을 삼킨다

불꽃

교차로를 지나
순간을 호흡한다

멀미가
물드는 도시의 밤
다리가 무너지고 있다

상처의 안쪽
뱉어내는
불길한 암호들

타는 냄새

깃을 허무는
영혼의 검은 뼈

야경을 갉아먹는 바람
초록빛 쉼표

달리기 위해 멈추는
변치 않는 변화

알몸

-와카티푸 호수에서

호수 가운데 뻗어 있는 나무다리를 걸어갔다
그는 다리 밑으로 몸을 숨긴다

머플러를 날리며

발가벗은
물속의 그를 보고
자리를 피했다

그의 몇 번째인지 모를 버킷리스트에
중력의 법칙이 사라졌다

산골짜기를 타고 내려온 물줄기
체온을 향해 몰려든다

알몸은
어제를 씻고
내일을 맞이하는

의식을 치르는 중이다

나는
순수한 의식을 만나기 위해
날개를 펴고 달리기 시작했다

오카와치야마

사가현 이마리시 비밀스러운 마을
작고 은은한 풍경소리
도공의 한 많은 넋두리
내 귀를 찢는다

깊은 산속 큰 바위 병풍 아래
누군가의 생이 흔들리고 있다

갇혀버린 시간
질긴 삶을 굽었을 그들

휘어진 걸음
사라진 생명의 고통에
맞설 의족조차 없다

사기장 비석
조선무명도공의 묘

흐르는 세월의 형상
비요의 땅에서 멈추었다

소막골에서

우암동에 가면 사다리꼴 건물이 있다
누군가 벽이라도 짚으면
쓰러질 것 같다

전쟁이 끝나고
소가 떠난 막사에
몰려든 사람들
다리를 뻗고 잘 수가 없다

밀감빛 오후가 나를 비껴 선다

눈물 끝 살아서 튀는 한숨소리
칼끝 건너가며
햇살은 어디로부터인가

끌려온 소들의 울음소리
달빛에 발목을 잠근다

겨울뿐인 집 안
닿을 수 없는 정적

간조의 바위 틈을 피해
검은 소금이 기어가고 있다

남아 있다는 것은 무엇인가

내 혈관에 커피가 흐른다

겨울을 앞질러 봄이 먼저 왔다

베토벤 넘버 60
음표를 그린다
감미로운 수혈은 명작을 만드는 활력이다

아라비아 커피를 마신다

음지만 찾는 나를 주워 볕 드는 창가에 놓고
한 톨의 향기로 산을 내려오게 한다

쉴 곳 없는 넉넉한 힘
잊히지 않는 누군가의 말이 생각난다
모닝커피가 없으면 그저 말린 고기에 불과하다

허리가 아름다운 나라
코스타리카의 산미풍
나를 발굴하듯 휘감는다

정열의 키스

꽃이 피는 소리에 귀 기울인다

중독!

늙은 개의 시선

약사전 마루 끝
개 한 마리가 산다

소녀가 다가가다 서고 다가가다 선다
또 한 발 다가오면 두 발을 포개고
한 발 더 다가서니 고개를 조금 더 높이 든다

소녀의 눈에 늙은 사자
노련한 개의 생각은 중생

서로를 바라보는 무심한 시선

이구아수

혼신의 힘
광음의 희열

낙차의 숨소리는
호흡의 격렬함
끈이 풀어지듯
번쩍이는 황홀

태양의
정오
무지갯빛 예술의
폭발

태고의 신비가
등골을 쓸어내린다

불가사의한 비명소리
터져 나온다

소리가 머무는 곳

통도사 대적광전
가만히 눈을 감고

귀를 기울인다

바람의 파공음
목구멍 안으로 들어간다

뒤꿈치를 들고 걷는 발자국소리
무량도전에 무량하게 자라

길이 열린다

마음속 무작위
할퀴고 간 자리마다

먼지가 쌓여 있다

한 번 닫힌 마음
출구를 찾을 수 없어

마음을 긁고 또 긁는다

아. 매. 화. 불

홍매화 소식
붉게 일렁인다

통도사 봉우리
한 잎 두 잎 꽃잎을 연다

사문 밖
터진 매화 불

저기 저,
환한 그늘의 합장

한 여인이 담장에 기대어
고양이의 터럭을 빗질한다

햇살의 몸놀림
담장에 기대어 손 흔든다

홍매화
다시 한번 출렁,

하늘에 일렁인다

야간산행

초승달 걸어 둔 밤길
휴양림을 오른다

수양버들나무 늘어진 냇가
물놀이 품고

흰 고무신으로 송사리 잡는 바람
개구리 잡아 뒷다리만 구워 먹던

유년의 시간
우거진 그늘 아래

숲의 전설들 불러낸다

화석 닮은 달빛
대지는 온몸의 돌기를 무너뜨리고

자신을 넘어 자신을 만나러

밤 깊어 가는 것도 잊은 채

키 크는 그림자들
뒤따라 걷는다

언니

언니는 파도였다

돌덩이 내려놓는 의식
사라진 이기대에

언니가 왔다

밀려왔다
밀려갔다

절벽을 만들어낸 엄마

막내딸 시집가는 날
꽃들의 고통으로 불러댄 엄마

서로의 등을 쓸어내리며
엄마를 보내드렸다

언니가 왔다

제4부

떨켜

발을 들여놓고 보니
숲이 지나가고 있다

겨울을 위한 비장한 각오

사랑은 버리는 것이다

선택이 남긴 흔적,
상처는 그리움이라고

어린 나뭇가지 숲을 파고든다

감꽃

개미 한 마리가
유년을 물고 기어간다

공원을 지나다
연노란 손짓이 느껴져 돌아보니
고향집 향기가 나의 아파트 공원에 머물고 있다

내 안의 흙냄새를 깨우기 위해
연두색 꼭지에 사각모 쓰고
내 발을 붙잡는다

소녀의 목걸이였던가

고운 살결 어루만지며
노닐다
손바닥 위 감꽃을 던져 버렸다

스냅스

비가 와도 우산을 쓰지 않는다
늑골 드러난 사람이 비스듬히 걷고

날마다 다가오는 낯선 둔덕과
둔덕 사이
남태평양의 소나기가 지나간다

습관,
연결고리를 끊고
감정의 신경들이

변화의 시간과 시간의 교차로에서
어제와 오늘을 돌고 있다

뒤꿈치에서 새싹이 움트고
무딘 익숙함은 자양분 되어
별의 씨앗을 뿌리고 있다

프로펠러

집을 나선다
열쇠를 찾으러

언덕의 이목구비

나는 없고
내가 있다

불편이 주는 희열
고통의 날카로운 통찰

케리어가 분주하다
나와의 마주함을 위하여

벼락 맞은 놈

산을 오른다

금정산
범어사 북문을 열고
고당봉을 향한다

벼락 맞은 비석이 나를 노려본다
너는 얼마나 당당하냐

계단을 오르는 등 뒤
능선에 박혀 있던 바위들
구르고 있다

산 아래 거처는
빛과 소리의 면

능선과 능선의 경계를 넘어
표지석을 밀어낸다

수계법회

장삼자락 속 억겁
인연설 따라 오고가는
세월의 모서리
끝없이 밀려드는 사찰

시간을 쪼아 먹는 새
절간에 창을 낸다

목탁소리 천지를 깨우고
머물다 잠긴 만물의 눈
태생 탓하지 마라

삼귀의계와 오계를 받는 의식
선향 연비 따끔한 불도장의 흔적으로
길을 나아간다

줄과 줄 사이
나를 넘기고

시간의 반대편에서 염주를 돌린다

참회진언 높아가는
큰 스님 입가에 미소가
부처님 미간에 빛이

길을 밝힌다

멤버스 인 파리

나의 로망
나의 파리

멤버스 인 파리
사진전에서 파리를 만났다

윤택이 별것인가

일상을 떠나
파리의 공기를 마시는 것

에펠탑에서의 사랑

머지않은 날
나의 풍경이 되어줄 정열

식지 않은 가슴이 기억해낼
나의 도시, 파리

동동숲*

차나무 열매에
개울물 소리
영글고 있다

산길을 오른 땀
백일홍의 가는 손이 부채질한다

동시 동화 숲 작은 글 마을
굴참나무가 도서관의 무게를 단다

울창한 숲길에 나의 도서관을 짓고
지그재그 느낌표 마음을 꽂아 둔

천년의 꿈

* 경남 고성에 있는 작은 도서관

자정의 기침

바다에 갔다

시간들을 털어 버리기 위해 바다를 건넌다
나의 창가에
달이 내려와 속삭이고 있었지만
폐선인 듯

터질 것 같은 근육
가뭄의 논같이 갈라지고

매일 밤
수정 미소 달
어둠 속에서 빛을 발하는 법을 가르쳐 주었다
환하게 바다를 걸으며
침몰의 연대기를
건너갈 수 있다 했다

한입 가득 엄마를 머금고 뻐끔뻐끔

한여름 방한복 속에 나를 가두어 놓고
군고구마처럼 잘 달구어진 볼에서는
가보지 않은 세계가 끓고 있다
손끝에서 파도가 인다

블라인드

내 것이라고
말한다

생의 모퉁이
혀끝에 박힌 열매
비웃는 입술을 모른다

엎질러진 마음
맞물리고 싶다고
손을 잡아 보지만

격랑의 마디
투명의 깊이를 알 수 없는
발자국들

심장이 없다

보이는 슬픔의 활주로

와일드

잉카 트레일
험준한 안데스산맥

야생마처럼
야성을 찾아서

마추픽추의 장엄함 속으로
온몸을 압도하는 성지

내일의 구도 펼치고

나무 화장

배롱나무
눈웃음친다

설명하지 않고
이겨낸 먼지의 흔적들

등줄기 간지러워
몸을 비튼다

연못 거울 보며
가다듬은 매무새

붉은 입술로
한여름 오롯이 받아낸다

고개 숙인 당신
거울 속에서

비틀림이 완성된다

그물 속의 뿔락

저동 어판장
그물을 털고 있다

침을 가진 뿔락
발버둥 친다

누구라도 한 번 찔러 보았을까
세상 향해 일침을 가해 본다

톱날 등지느러미 물살을 가르며
생사를 저울질하는 순간
그물 속에서

한때의 투지
생선의 비애가 난감해진다

라파스의 우박

느리게 온다
안데스산맥의 가슴 한 폭

붉은 벽돌로 이루어진 텔레페리코

줄 하나에 몸을 묶은 채
달동네에서 시내로
이어 준다

유혹의 빙하를 품고
라파스의 우박이

흰 눈의 격정으로 세상을 두드린다

사막을 건너온
인디오의 호흡 속에서
무덤을 깨우고 있다

구절초를 가을이라 이름하고

문밖에 가을이 있다

나의 창가에 있다

크레마 가득한 커피 한 잔

문을 열고 들어선다

누구의 마음을 만지다 온 걸까

너는 가을 한복판

현란한 안개의 언덕

젖은 얼굴이 있다

가장 먼 데서 길은 열리고

나는 들판의 이삭을 줍고

길은 서로를 부른다

너는 내게 오고

낙엽이 되어

가난한 시인이 되어

우리라는 이름으로 서로를 떠나고 있다

론다의 협곡

절벽과 절벽 사이
다리를 건너는
감옥을 실감한다

내 안의
절벽 끝에도
슬픔 하나
매달려 있다

감옥과
감옥 사이를
건너는

나는 무슨 죄를 지었는가

해설

생의 감각과 존재의 그늘

구모룡(문학평론가)

1.

오늘날 우리는 스쳐 지나가는 일과 순식간에 사라지는 사건으로 진정한 의미의 경험이 실종되는 일상 속에서 살아간다. 사물과 장소가 소비되는 가운데 기억으로 오래 머물지 않는다. 우리는 깊이 감각하고 조응하는 과정이 소멸하는 '경험의 죽음'이라는 사태에 직면하고 있다. 경험이 상품으로 전락한 시대에 시인은 시를 매개로 섬세한 감각을 회복하고 진실한 자기를 찾아서 표현하고 수행하는 이들이다. 마치 컴퓨터 대신에 손글씨를 쓰는 행위처럼 감각과 사유를 연결하려는 노력을 지속하는데 이를 시적 경험이라고 할 수 있겠다. 이와 같은 시적 경험은 크게 두 가지 차원에서 진행된다. 그 하나는 자기만의 감각과 느낌을 표현하는 일이고 다른 하나는 그에 상응하는 언어를 찾는 일이다. 그런데 이 두 가지 일은 시인의 생애와 같이 반복하면서 확장을 거듭하는 과정이므로 시인이라면 그 누구나 도상(途上)의 존재일 수밖에 없다. 여기서 읽으려는 권명해 시인의 시편도 길 위에 선 존재인 시인이 사물과 만나는 감각과 실존적 자기 찾기의 과정을 잘 드러내고 있다. 먼저 시집에서 맨 처음 실려 있는 「모레노 빙하의 울음」을 읽어 보자.

> 울음이 얼어버렸다//최후의 적막//언젠가 사라질//몸의 일부//호수로 통곡한다//만년설의/속앓이 내려놓는 거친//긴 시간/끌어안고 지낸//퇴적/고뇌의 온몸이 조각난다 (「모레노 빙하의 울음」 전문)

먼 남미 여행에서 만난 풍경의 감흥을 표현한 시편이다. 먼저 압도적인 스펙터클을 얼어버린 울음과 "최후의 적막"이라는 의미로 제시하면서 그 느낌의 크기를 행을 연으로 늘려 숨을 멈추는 방식의 리듬으로 표출하고 있다. 전체 흐름은 화자의 감정이입과 투사에 따르지만 "언젠가 사라질//몸의 일부"라는 구절을 지나면서 맥락은 존재의 유한성이라는 의미로 증폭한다. "울음"이 "통곡"으로 변주하는 "만년설"과 "호수"

는 몸의 변화에 상응하며 "속앓이"와 "고뇌"의 시간을 반영한다. 시적 화자는 "모레노 빙하"를 만나면서 압도적인 시원의 풍경조차 유한한 존재의 슬픔을 말하고 있음을 부각한다. 분명 퇴적하는 "속앓이"와 "고뇌의 온몸"은 화자의 심경인데 그만큼 시적 지향이 존재론적이다. 이러한 시인의 시법은 이어진 시편인 「火印」에서 더 구체적인 모습을 띤다. 단풍 들고 낙엽이 지는 늦가을 산을 "세상 가장 큰 거울"로 지각하면서 그 속에 담긴 "얼굴"과 "허무"와 "내면"을 인식하며, 결구에서 "지금 여기//세상 가장 큰 거울 속에//낙엽 뒹구는 소리//공터에 걸린 하늘 한 귀퉁이//물결인 듯 사라진다"라는 진술을 통하여 존재의 유한성과 소멸을 되새긴다. 이처럼 시인은 사물과 풍경을 민활하게 감응하면서 존재의 조건을 인식한다. 인간을 비롯하여 모든 사물은 유한하며 시간의 흐름을 따라 마모되어 소멸할 수밖에 없는 슬픔을 안고 있다.

2.

권명해는 인간의 조건을 인식하면서 생의 감각으로 사물과 타자를 만나고 자기의 내면을 표현한다. 이러한 시적 과정은 일상과 생활, 기억과 유년, 사물과 풍경, 길과 여행 등의 여러 층위에서 진행되며 서로 교차하고 반복하면서 지평을 확장하는 양상을 드러낸다. 우선 일상의 사물과 만나는 시인의 태도를 통하여 시적 발상과 시법을 알 수 있다. 가령 「수건을 삶다가」에서 일상의 무게를 이겨내면서 초월의 기미를 찾아가는 시적 화자의 의지를 만난다.

> 불온한 향기/물 묻은 저녁이다//망가진 냄새/혀를 내밀고 기어다닌다//구린내 나는 혓바닥/마침표도 없는 슬픔이 운다//이 빠진 입을 비웃으며/삭혀야 할 것들/한바탕 소탕전이다//헛소리/콤마를 찍으며//배수관으로 내몰리며/허공에 손 짚고 떠나는 자국//입술 뒤통수에서 별이 빛난다 (「수건을 삶다가」 전문)

수건을 삶아 정화하는 과정을 실존의 표정으로 진술하고 있다. 가장 원초적 감각인 후각을 통하여 삶의 훼손과 부패를 지각하면서 "마침표도 없는 슬픔"의 생을 공명하는데 이와 같은 슬픔의 정서는 시적 발상의 원천에 가깝다. 바로 존재의 본원적인 비애에 상응한다. 화자는 마모되고 부서지며 진실을 잃는 말("헛소리")을 걷어내면서 삶이 "별"처럼 빛나기를 갈망한다. 이처럼 시인은 일상의 사건을 자아의 내면을 투사하는 시적 장치로 견인하면서 시적 변증의 과정을 수행한다. 이러한 시법은 「구절초를 가을이라 이름하고」나 「메밀」을 통하여 다시 확인할 수 있다. 「구절초를 가을이라 이름하고」는 화자가 창밖의 "구절초"를 바라보면서 "크레마 가득한 커피 한 잔"을 마시는 일에서 시작하는데 두 이미지를 한데 겹치게 하는 마음의 움직임이 뚜렷하다.

누구의 마음을 만지다 온 걸까//너는 가을 한복판//

현란한 안개의 언덕//젖은 얼굴이 있다//가장 먼 데서 길은 열리고//나는 들판의 이삭을 줍고//길은 서로를 부른다//너는 내게 오고//낙엽이 되어//가난한 시인이 되어//우리라는 이름으로 서로를 떠나고 있다 (「구절초를 가을이라 이름하고」 부분)

"구절초"와 "크레마"의 이미지 병치는 "현란한 안개"의 빛깔로 합쳐지면서 "너"와 "나"의 만남을 회상하는 과정으로 나아가는데 "젖은 얼굴"이라는 슬픔의 기억이 부상한다. 추억 속에서 "너"와 "나"를 이어주는 매개는 "길"이다. 여기서 "너"는 사람일 수도 계절의 기운일 수도 있다. 결국 둘은 "가난한 시인"으로 일치하며 "우리라는 이름으로" 만나고 헤어진다. 어떤 인연의 추억으로 해석하거나 계절의 교감으로 이해해도 무방하나 또한 시적 발상법으로 설명해도 틀리지 않을 듯싶다. "젖은 얼굴"과 "가난한 시인" 사이에서 시를 쓰는 태도가 엿보이기 때문이다. 시법을 읽게 하는 또 다른 시편인 「메밀」은 "짭짤한 메밀꽃 문장"에 당

도하는 시적 전개를 주목하게 한다. 역시 사물을 향한 감각과 은유를 통하여 이월하면서 하나의 시편에 이르고 있다. “메밀”-“염전”-“미풍”-“칠월의 나비”-“바람 냄새나는 손수건”-“가랑비 털어낸 구름”으로 이어지는 전이의 수사가 흥미롭고 “짭짤한 메밀꽃 문장/넘실거린다”라는 결구가 순조롭다. 그런데 시인과 사물의 관계는 단순한 동화와 의인화에 그치지 않는다. 자연물에 감정을 부여하는 ‘감상의 오류(pathetic fallacy)’에 빠지지 않고서 「나무 화장」처럼 자기 인식의 “거울”을 놓치지 않는다. 이는 「그물 속의 뽈락」이 말하듯이 생의 감각과 존재의 의미로 상승한다. 물론 빈번하게 동원되는 감정이입, 동화와 투사의 은유를 지양하면서 “관념을 장미의 향기처럼 표현”하라는 엘리엇의 말처럼 구체적인 언어로 서술하는 방법이 요긴하다. 이러한 점에서 「분갈이」에서 만나게 되는 “찢어진 그물 같은 마음”이나 “탄광을 헤집고 나온 심장”과 같은 이미지가 “작은 꽃잎으로 피어나길” 바라는 심정에 상응하는 구체성을 지닌다.

권명해의 시쓰기는 일상과 사물을 통하여 생의 감각을 표현하고 존재의 의미를 확인하는 과정이다. 때론 「저수지 보폭」이 말하듯이 존재의 심연을 만나고 "도시의 밤"에서 "상처의 안쪽/뱉어내는/불길한 암호들"(「불꽃」에서)을 찾기도 한다. 또한 「블라인드」와 「정전」, 「결속」과 「창을 넘어간다」 등의 시편이 말하듯이 시인이 말하고자 하는 일상과 생활세계가 평온한 상태는 아니다. "엎질러진 마음/맞물리고 싶다고/손을 잡아 보지만//격랑의 마디/투명의 깊이를 알 수 없는/발자국들"이 "보이는 슬픔의 활주로"(「블라인드」에서)와 같은 사태이거나 "불면"과 "한 발자국도 뗄 수 없는/목적지"(「정전」에서)로 표현되는 내면의 "정전" 상황으로 드러나고 있다. 달리 "결핍과 결핍으로 살아내는/행운목의 균열"(「결속」에서)이라는 역설에 상응하는 의식 현상을 주목하게 된다. 이는 외부에 투영된 내면의 표정으로 보이는데 "행운목의 균열"을 포착하는 감각으로 표출된다. 그러므로 권명해의 시쓰기는 슬픔과 불안과 균열의 실존을 경유하면서 자기를 찾아가는 존재론적 수행에 가깝다.

(1)여린 관절/대지를 누르고 일어선다//붉은 눈/햇살이 뿌리를 내린다/식사를 준비해야 하는 그는 서성인다//잃어버린 계절/유칼립투스만 식탁에 올려놓고 주방을 나온다//(2)오늘 저녁을 나는/영역을 벗어날 수 없는 코알라 가족이라 칭한다/휴식 중인 의자들이 가족들을 맞이한다//동쪽으로 난 창을 통해/햇살의 발톱/거실 밀고 들어와/서녘 주방으로 한 걸음씩 사라질 때마다//하루를 살았다//(3)푸른 슬픔이 허리를 꺾을 때/온몸 불 밝힌다//초록의 들판/영역을 벗어나지 못하는/클라미디아, 발가락 지문을 살핀다//빛이 다녀갈 때마다/숲이 자란다 (「창을 넘어간다」 전문)

이 시편은 세 부분으로 나누어 그 의미의 맥락을 이해할 수 있다. 크게 (1)의 “유칼립투스”와 (3)의 “클라미디아”가 대비를 형성한다. 전자가 치유의 효과를 지닌 식물이라면 후자는 훼손된 에로스를 지시하는 질병이다. 미리 말하자면 결구처럼 화자는 외부를 지향하는 의식을 지녔다. 표제 또한 화자의 외부 지향성을 함축한다. 다시 (1)로 돌아가서 “식사를 준비해야 하는 그”와 (2)에 등장하는 “나”의 관계를 생각하게 된다. 동일한 인물을 시인의 의도를 따라 삼인칭으로 대상화한 것으로 보인다. 서로 다른 자아를 말하고 있는데 현실에 예속된 자아와 바라는 자아의 대립이라 하겠다. 이와 같은 자아의 이중화는 결국 자기를 찾으려는 의지와 연관한다. “영역을 벗어날 수 없는 코알라 가족”에서 탈주하려는 욕망이 있으나 구속의 일상을 반복하는 자아의 분열이 드러난다. 자아의 분열은 자아의 확장이다. (3)에 이르러 “푸른 슬픔이 허리를 꺾을 때/온몸 불 밝힌다.” 식탁 위의 “유칼립투스”가 “초록의 들판”이나 “숲”으로 자라나는 내면이 있다. 이처럼 권명해의 시쓰기는 진정한 자기를 찾아서 장벽이나 단절의 창을 넘어서려는 탈주 의식과 연관한다. 그래서 일상을 이격하고 다른 세계를 상상한다.

3.

서정은 일차적으로 회감(回感)의 형식이다. 유년의 순수한 자아를 기억하면서 현실 너머의 '아토피아'를 그려내려 한다. 권명해는 한편에 유년을 회상하고 다른 한편에 새로운 길을 만드는 방법을 생각한다. 그런데 이와 같은 두 방향은 기실 하나의 지평이다. 순수하고 진정한 자기의 정체성을 획득하려는 노력과 연관되기 때문이다.

> 길을 지운다//거울 앞에 앉은 미지/창문 밖의 오후//유리창이 만들어준/이국에서의 추억들//애련의 틈새를 파고든다//나는/동굴 속/검은 머리카락이 되어//수만 갈래로 흩어진다//나의 단발머리 소녀야/너는 아직도 숨바꼭질 놀이를 하고 있구나//사라진 길 위에/오래도록 서 있는 흰 그림자//아직도/너를 찾고 있다
> (「미로」 전문)

권명해의 시세계에서 이 시편은 매우 중요한 자리를 차지하고 있다고 생각한다. 시인은 "길"을 통하여 미지의 탈주선을 형성하면서 기지의 유년을 되새긴다. 에릭슨은 유년과 자기 정체성은 함께 지속하는 과정이므로 '장난감과 사유'라는 말로써 이를 비유한다. "이국에서의 추억들"도 중요한 시적 지향이지만 여전히 "나의 단발머리 소녀"는 "아직도 숨바꼭질 놀이를 하고" 있다. "사라진 길 위에/오래도록 서 있는 흰 그림자"는 퇴행이 아니다. 자기 정체성은 이미 결정된 자아가 아니며 평생 추구되는 과정이다. 그 가운데 유년의 자아는 그 훼손되지 않은 순수함의 프레임에 의하여 현실의 자아를 반성하고 새로운 자아를 생각하는 과정을 매개한다. 이러한 점에서 「미로」는 기지와 미지가 맺는 시적 변증을 잘 보여준다. 유년의 지향이 차지하는 비중에 비할 때 권명해의 유년 시편은 그리 많지 않다. 「미로」를 위시하여 「야간산행」과 「감꽃」이 있다. 「야간산행」이 진술하고 있듯이 "유년의 시간"은 "자신을 넘어 자신을 만나러" 가는 과정이다. 이를 통하여 시인은 감상을 극복하고 자기애를 넘어 사물과 타자의 인식을 확장한다. 「감꽃」 또한 "소녀의 목걸이"를 환기하면서 존재를 각성하게 하는 의미를 지닌 시편이다. 이처럼 유년은 시인의 의식에 내재하면서 구체적 삶을 간섭하며 자기와 타자에 대한 바른 인식의 계기로 작용한다. 하지만 권명해는 추억과 향수에 머물기보다 "균열의 힘"(「책갈피」에서)을 통하여 지평을 확대하는 길 위에서 유동한다. 이번의 제3 시집에서 '길'은 가장 빈번하게 등장하는 이미지 가운데 하나이다. '길'은 존재의 외부로 열려 있는 지향이자 찾아가는 자기의 표상이다. 나아가서 새로운 세계를 의미하며 마침내 궁극을 향하기도 한다. 길과 풍경은 뗄 수 없는 관계이다. 가까운 산책의 풍경에서 먼 여행의 풍경에 이르도록 시적 배회가 다채롭다.

집을 나선다/열쇠를 찾으러//언덕의 이목구비//나

는 없고/내가 있다//불편이 주는 희열/고통의 날카로운 통찰//케리어가 분주하다/나와의 마주함을 위하여
(「프로펠러」 전문)

이 시편에서 시인은 표제를 통하여 집을 나서는 일을 “프로펠러”가 상승하는 이미지에 비유한다. 그만큼 “나는 없고/내가 있다”라는 자아의 새로운 국면이 열리는 데 “불편이 주는 희열”이나 “고통의 날카로운 통찰”을 수반한다. 물론 이러한 일이 일상과 생활을 무로 만드는 과정이 아니다. 「오후의 바람 한 겹」이 말하고 있듯이 일상 안에서도 타자와 사물은 경이로 다가온다. “빈 가슴 위에/절망의 강”이 흐르는 탓이다. 이러한 내면 의식이 있으므로 일상은 낯설게 하는 이격의 대상만 아니며 늘 섬세한 마음으로 새롭게 지각하는 사물로 그득하다. 그러함에도 “나와의 마주함을” 위하여 안온함을 떨치는 크고 작은 수행을 시인은 반복한다. 길을 찾아 나서고 여행을 하는 일이 “경계의 꽃”(「음표의 잉태」에서)을 찾는 그만의 재귀적 반복의 운동

이 되어 자기(self)를 향한 동심원을 그린다. 즉 스스로 여행하는 인간인 '비아토르'가 되고자 한다. 현실의 안주가 주는 무한한 긍정성의 위안이 거짓임을 알기 때문이다. 그렇기 때문에 시인은 "절망이라는 돌부리//사라진 왕국을 향해/구름이 가리키는 방향대로//새에게 안부를 전하며/멀어져가는 나무들에게 손 흔들며//만났다 멀어졌다를 반복한다"(「비아토르」에서). 이러한 지점에서 「아르헨티나에서의 탱고」, 「소금 거울」, 「여왕의 도시-뉴질랜드 퀸스타운에서」, 「알몸-와카티푸 호수에서」, 「오카와치야마」, 「와일드」, 「이구아수」, 「라파스의 우박」, 「론다의 협곡」 등의 많은 여행시편들을 생성하고 있다. 이를 통하여 시인은 인생과 관계의 어긋남(「아르헨티나에서의 탱고」에서)이나 "바다의 냄새가 스며드는" 원초적인 몸(「소금 거울」에서)을 자각한다. 낯선 도시는 새롭게 읽어야 할 책과 같은 텍스트이다. "호수에 담긴 도시"(「여왕의 도시」에서)를 읽고 "순수한 의식"(「알몸」에서)을 만나기 위한 의식(ritual)을 치른다. 낡은 자아(들)를 걷어내고 자기를 찾아가는 수행의 반복이다. "사라진 생명의 고통"(「오카와치야마」에서)을 공명하며 야생(wild)(「와일드」에서)과 "태고의 신비"(「이구아수」에서)를 새긴다. 죽음과 생성(「라파스의 우박」에서), 죄와 실존(「론다의 협곡」에서)의 인식이 선연하다. 경계에서 존재의 근원적인 슬픔을 인식한다. "내 안의/절벽 끝에도/슬픔 하나/매달려 있다"(「론다의 협곡」에서).

> 불을 끄면 나만의 별이 뜬다/벽에 걸어둔 세계지도/남미의 별이 반짝인다//산허리에 리마를 데리고 선/온몸이 눈동자인 소녀/전통복 차림의 시장 여인들/그곳에서 만난 사람들/유독 반짝이는 소녀의 별//그 먼 곳에서/내게 오는 동안/꼭짓점을 갖게 되었을까//백야의 시간//궤도를 이탈해 버린 별을 찾아/귀 기울이듯 심장이 뛴다//가볍게 시작된 위로//눈을 감으면 멀어지고/눈을 뜨면 달려온다//나를 찾는/그대의 입술이/억만년을 살아내고 있다 (「입술이 입술에게」 전문)

「입술이 입술에게」는 시집의 표제작이다. 먹고 마시고 말하는 "입술"은 다른 감각기관보다 더 원초적이다. 여행의 경험이 입술의 느낌만큼 생생하게 지금의 "나"를 환기한다. 먼 이국의 도시인 리마와 그곳 사람들은 단순한 동경의 대상이 아니다. "가볍게 시작된 위로"였다 하더라도 이제 체화된 기억이 되어 시적 화자의 몸으로 살아 있다. 천사는 온몸이 눈이라는 말이 있듯이 경험 속에서 내면의 "별"로 반짝이는 "온몸이 눈동자인 소녀"는 "눈을 감으면 멀어지고/눈을 뜨면 달려"오는 실체로 주체의 삶을 견인한다. "나"에게 "소녀"는 어쩌면 랭보가 말한 대로 새로운 사랑의 발명에 가깝지 않을까? 또한 이는 「긴기아난의 아침」에서 "뿌리에서 올라온 입술"이 만드는 "또 하나의 세계"와도 멀지 않아 보인다. 생명의 본성이 이끄는 갈망에 다를 바 없기 때문이다. 여하튼 시인은 "보이지 않는/떨림"을 좇아 길을 나서며 "누군가에게는 길을 보여주고/누군가에게는 길을 보여주지 않는다"(「은고사리」에서)라는 깨달음을 얻는다. 「처음부터」에서 시적 화자는 칼 융을 소환한다. 또한 "호수 바닥에 여신이 살고 있다 믿는" "마오리족" 이야기를 더하면서 "그들의 처음과/나의 처음은 얼마나 멀까"라고 묻는다. 이처럼 시인의 여행은 이런저런 사회적 자아(들)를 걷어내고 자기를 찾으면서 그 궁극적 물음에 도달한다. 가벼운 쇄신에 그치지 않고 무거운 존재론을 안고 걷는다. 이쯤에 이르면 길은 방향이나 지향을 지나서 도(道, Tao)의 의미도 함축한다. 이러한 의미의 기미나 맥락은 「무풍한송로」, 「소리가 머무는 곳」, 「수계법회」 등의 시편에서 길을 내고, 길을 열며, 길을 밝히는 마음의 수행으로 나타나 있다. 넓은 의미에서 시와 길과 도는 유기적인 연관을 갖는다. 사물과 풍경을 통하여 생의 감각을 확인하는 구체적인 경험에서 시작하여 낡고 훼손된 자아를 걷어내고 진정한 자기를 찾는 실존적 모험의 도정을 거쳐서 존재의 궁극에 관한 질문으로 나아가는 과정은 시와 도의 공통 지평이라고 할 수 있다.

4.

알랭 바디우가 말하듯이 참된 삶과 참된 사랑 그리고 참된 행복은 평온한 삶과는 거의 관계가 없다. 그의 『행복의 형이상학』에 의하면 평온한 삶이란 이를테면 일상의 만족을 주는 자잘한 보상들, 훌륭한 직업, 적당한 보수, 무쇠 같은 건강, 명랑한 부부 관계, 오래도록 기억에 남을 휴가, 유쾌한 친구들, 잘 갖춰진 집, 쾌적한 자동차, 마음을 녹이는 충성스러운 애완동물, 학교에서 문제를 일으키지 않으며 성적도 좋은 예쁜 아이들, 요컨대 보통 '행복'이라고 여기는 모든 편익들로 이루어진다. 알랭 바디우의 지적처럼 오늘날 우리는 이러한 긍정성의 가치에 둘러싸여 자신을 착취하는 삶을 살고 있음에 틀림이 없다. 한편 참된 삶과 시는 이러한 긍정성을 단절하고 실존에 내재한 슬픔과 그늘을 자각하는 데서 시작한다. 시적 갈망과 욕망, 형이상학의 충동이 오히려 참된 사랑과 참된 행복의 길을 열어준다. 인간 존재의 조건은 그

유한성은 물론이고 생존의 현실에서 슬픔과 우울을 수반한다. 시는 처음부터 기쁨의 자식이 아니며 비애를 통하여 생성한다. “고통”과 “절벽”(「언니」에서)의 경험이나 “못 박힌 발자국”(「담 너머의 풍경」에서)이 형성하는 비극적 감성은 오히려 존재의 역설을 낳는다. “담은 더 높고 단단해졌다//풍경 너머//당신이 바라보는 곳은 어디쯤일까”(「담 너머의 풍경」에서). 이러한 물음에 답하려는 시인의 의지가 시작을 지속하고 시적 지평을 확대한다. 달리 말해서 「울음연못」이 말하는 “비극과 엉킴”, “목구멍 깊은 곳”의 “울음”, “나를 찔러”대는 “손톱 밑에 쌓인 가시들”이 참된 시를 추동한다. 이처럼 권명해의 내면에는 존재의 그늘이 있고 근본적인 삶의 질문이 있다. 그는 그에 상응하는 답과 문장을 찾으려는 갈망을 지녔다. 그 누구도 대신할 수 없는 단독자의 과제를 품었기에 시는 그에게 “외로울수록 눈부신 바다”(「파도의 말」에서)와 같은 구원의 징표를 지닌다. “세상은 어지럽고/깊어진 겨울”이지만 “애기동백” “나뭇가지 사이/추상을 향한 날갯짓”

을 하는 "동박새의 겨울"(「비어 있는 속 보여 주려고」에서) 처럼 시인이 표현하는 생의 열정이 가열하다. 그 시적 성실성에서 존재의 깊은 그늘이 짙고 푸른 빛으로 발현하리라 믿는다.

입술이 입술에게

초판 1쇄 발행 2024년 7월 5일

지은이 권명해
펴낸이 강수걸
편집 이선화 강나래 오해은 이소영 이혜정 김성진 김효진
디자인 권문경 조은비
펴낸곳 산지니
등록 2005년 2월 7일 제333-3370000251002005000001호
주소 부산시 해운대구 수영강변대로 140 BCC 626호
전화 051-504-7070 | 팩스 051-507-7543
홈페이지 www.sanzinibook.com
전자우편 sanzini@sanzinibook.com
블로그 http://sanzinibook.tistory.com

ISBN 979-11-6861-309-6 03810

* 책값은 뒤표지에 있습니다.
* 잘못 만들어진 책은 구입처에서 교환해드립니다.
* 본 도서는 2024년 부산광역시, 부산문화재단 〈부산문화예술지원사업〉으로 지원을 받았습니다.

부산광역시 BUSAN METROPOLITAN CITY 부산문화재단 BUSAN CULTURAL FOUNDATION